www.tredition.de

AF201961

DIETER ROLF OTTO EICHSTELLER

IM SCHATTEN

DES

SPUNDENFRESSERS

www.tredition.de

© 2020 Dieter Rolf Otto Eichsteller
Mit Unterstützung von Andrea Kiesecker
sowie Harald und Georg Eichsteller

Verlag & Druck: tredition GmbH, Halenreie 40-44, 22359 Hamburg

ISBN
Paperback: 978-3-347-00548-8
Hardcover: 978-3-347-00549-5
e-Book: 978-3-347-00550-1

Man preist Erfahrung und Weisheit.
Man lobt eine gewisse Selbsteinsicht
und Gelassenheit.
Man spricht von bewahrtem Leben
und Dankbarkeit
Und erhofft auch für die Zukunft
eine gesunde, erfüllte
Lebenszeit.

Georg Eichsteller
aus: 6 Gedichte für meinen Vater

Inhalt

Mein Elternhaus

Mein Vater hatte einen großen Hoffnungsträger. Der war ich! Deshalb gab er mir auch gleich drei Vornamen. Zunächst soll er mit dem Gedanken gespielt haben, mich „Siegfried" zu nennen. Aber dazu waren meine Haare zu dunkel. Einen „Siegfried" stellt man sich blond vor. Also passte nach seiner Ansicht „Dieter" besser. Warum dann noch „Rolf Otto" als zweiter und dritter

Vorname dazu kamen, weiß ich nicht. Die Heimat meines Vaters wurde auch meine Heimat. Warum ich der Hoffnungsträger war? Das konnte ich nicht herausfinden. Vielleicht, weil ich der älteste Sohn bin.

Mein Vater entstammte einer gutbürgerlichen Familie. Unser Haus war aus Steinen der ehemaligen Kirchenscheune gebaut worden, die neben dem Pfarrhaus an der Hauptstraße stand. Die neue Kirche steht heute noch am gleichen Ort. Für unser neues Haus wurde ein Fachwerk aufgeschlagen und in die Zwischenräume setzte man die alten Steine jener Scheune. Im Stil glich es den bereits vorhandenen Häusern in der Kirchfeldstraße, d.h. eine eineinhalbstöckige Bauweise. Aus der früheren Zeit meiner Kindheit erinnere ich mich daran, dass das ursprüngliche Haus diesen „Fachwerkhausstil" hatte. Die Fassade wurde erst später umgestaltet, so dass die Holzteile, das Balkenwerk, von Putz verdeckt worden war.

Auf der nächsten Seite sieht man mein Elternhaus, das dritte Haus auf der linken Straßenseite. Vor meiner Zeit war in diesem Hause eine Schusterwerkstatt, die mein Großvater väterlicherseits betrieben hatte. Er hat das Haus seinem jüngsten Sohn Otto, also meinem Vater überlassen.

Mein Vater hatte mehrere Geschwister, die mir nur ansatzweise in Erinnerung geblieben sind. Der zweite war Friedrich, er hatte eine Tochter namens Else. Sie war Organistin. So war da noch Max. Er bekam die Töchter Hanna, die sich später in die Familie Buchleither einheiratete und Karoline, mit der er dann zeitlebens in enger Verbindung stand. Auch sie wohnte in seinem Heimatdorf unweit seines Elternhauses. Ein Nachfahre dieser Karoline ist Hans Adolf Stober, zu dem wir, so lange er lebte, ein herzliches Verhältnis hatten.

Neureut

Der Ort, aus dem ich komme, ist ein Dorf. Es galt sogar als das größte Dorf im Badischen und liegt nördlich der Stadt Karlsruhe. Es heißt Neureut. Schon seit meiner Kindheit galt die politische Richtung in Neureut als liberal. Die Mehrheit der politischen Wähler war aus dem Lager der FDP, der Freien Demokratische Partei. An der Spitze der politischen Gemeinde stand der Bürgermeister, der nach der Kreisreform durch einen Ortsvorsteher ersetzt wurde. Diese Eingemeindung fand ihre Fortsetzung in der Integration der ganzen Gemeinde Neureut, das heißt die Stadt Karlsruhe hat Neureut eingemeindet. Da half es nichts, dass 98 % der Neureuter Einwohner sich dagegen sträubten. Dieses Ereignis ist auf einem Gedenkstein verewigt worden, der beim Heimathaus aufgestellt worden ist. Neureut hatte auch ein eigenes Wasserwerk, ein Gymnasium, alle Straßen waren asphaltiert, und natürlich war eine Menge Bauerwartungsland vorhanden. „Wozu also eine Veränderung?", dachten die patriotischen „Neereder". Die Neureuter nennen sich selbst „Neereder". Interessanterweise wurden ihnen ein ganz anderer Spitzname zuteil. Dieser war eigentlich als Schimpfwort gedacht

AM 1. JANUAR 1975
WURDE NEUREUT,
MIT 14000 EINWOHNERN
GRÖSSTE LANDGEMEINDE
IN BADEN-WÜRTTEMBERG,
DURCH DIE CDU-
LANDESREGIERUNG
NACH KARLSRUHE
ZWANGSEINGEMEINDET.

DIES GESCHAH, OBWOHL
SICH IN 2 ABSTIMMUNGEN
NEUREUTS BÜRGER
MIT 96% GEGEN DIE
EINGEMEINDUNG
AUSSPRACHEN.

RECHT WURDE
GESPROCHEN
NICHT DEM,
DER RECHT HAT,
SONDERN DEM,
DER MACHT HAT.

und lautete: „Spunden-fresser". Das rührte daher, dass in schlechten Zeiten, die armen Menschen in Neureut sich nur „Spunden" als Essen leisten konnten. Das Gericht bestand aus einem Kartoffelteig, der gekocht wurde und danach auf einem Blech ausgebreitet wurde. So stach man den Teig portionsweise mit einem Löffel aus, was dann aussah wie ein Spund, also der Verschluss eines Holzfasses. Aber was hätten die Neureuter auch tun sollen? Sie waren doch arm und Essen war Mangelware.

Die „Neereder" waren durchweg ordentliche Leute. Es wurde auf Sauberkeit geachtet, auch was die Pflege des Hauses anbelangte. Die Straße war zu jener Zeit noch unbefestigt, also nicht bepflastert oder asphaltiert. Wie nach einem ungeschriebenen Gesetz hatte sie an den Wochenenden gefegt werden müssen. Auch der Hofbereich, der ebenfalls aus unbefestigter Erde bestand, musste gründlich gereinigt werden. Das war vor allen Dingen vor den Sonn- und Feiertagen gewünscht.

Über drei Stufen vom Hauseingang über einen kleinen Flur war unsere Wohnküche zu erreichen. Nach draußen kam man wieder über die drei Stufen, die mit Buntsandsteinplatten gepflastert waren und zu unserem Brunnen führten. Hier wurde das ganze Jahr über Wasser geholt, das man mit Pumpen manuell in zwei Eimern füllte. Diese wurden in der Küche auf einem Seitenschrank abgestellt. Eine Schöpfkelle blieb in dem einen Eimer hängen, wo man sich mit Wasser bedienen konnte. Das Spülbecken und der Kohleherd mit Herdwasserschiff standen als Küchenzeile daneben. Das Herdwasserschiff ist ein Metallgefäß, in dem Wasser durch die Hitze des Ofenfeuers erwärmt wird.

Sonntagsschule

Viele Jahre lang war es üblich, dass wir Kinder, meine ältere Schwester Renate und ich, zur Sonntagsschule gingen. Die Sonntagsschule fand im Kindergarten bei den Diakonissenschwestern Berta und Camilla statt. Beide leiteten seinerzeit den Kindergarten. Sie waren meine ersten Vertrauenspersonen außerhalb des Elternhauses. Sie hatten gestärkte weiße Hauben auf dem Kopf und auch ihre Kleider waren entsprechend der Tracht der Diakonissinnen - irgendwas mit grau/blau oder grau/weiß. Ich erinnere mich auch an Punkte, die in den Stoff eingewebt waren.

Die Sonntagsschule wurde von uns jeden Sonntag, kurz nach dem Mittagessen besucht. Wir sind sehr gerne dorthin hingegangen. In der Regel hat Schwester Berta eine Geschichte aus dem Leben Jesu erzählt, die natürlich aus der Bibel stammte. Dann wurden Christuslieder gesungen. Und zum Abschluss gab es dann eine Kindergeschichte nach Abenteuerart, die Schwester Camilla so spannend vorzutragen wusste, dass man die Figuren fast plastisch vor sich sah. Natürlich wurde die Geschichte nicht zu Ende erzählt, so dass eine Fortsetzung erfolgen musste, die dann, wie versprochen, am folgenden Sonntag weitererzählt wurde. Es waren für uns Kinder „allerliebste Begegnungen", die so bereichernd waren.

Und die fröhlichen Lieder haben wir auch gerne gesungen, z.B. „Jesu geh voran, auf der Lebensbahn" oder auch „Geh aus mein Herz und suche Freud", das bekannte Lied von Paul Gerhardt, dessen 15 Verse uns zu singen nicht zu viel waren, zumal uns auch erklärt worden ist, in welcher Lebenssituation sich der berühmte Liederdichter befand: Er musste schwere Schicksalsschläge hinnehmen, einige Todesfälle in seiner Familie ließen ihn nicht verzweifeln, sondern er fand noch den Mut, solche Lieder zu dichten und fröhlich Gott zu loben. Wir haben auch sehr gerne das Lied, „Weißt Du wieviel Sternlein stehen, an dem blauen Himmelszelt" gesungen.

Ich kann mich auch gut erinnern, dass von den beiden Schwestern als Belohnung für Aufmerksamkeit und Artigkeit „Lob-Bildchen" überreicht wurden. Die Kinder haben sie gesammelt und waren richtig stolz, wenn sie ein solches Bildchen bekommen haben. Es war für uns wie die höchste Auszeichnung.

Diese Sonntagsschule hatte ihre positive Wirkung auf ein junges Kinderleben. Sie war wie Balsam für die Kinderseelen. Deutlich wurde auch ein großformatiges Bild ins Gespräch der Diakonissen gebracht, ein Bild mit einem leichten Weg, viel Vergnügungen und Verlockungen, die es zu meiden gelte, denn er führe schließlich zur "Hölle". Im Übertragenen sollte dieses Bild eine Warnung darstellen, im Leben Vergnügungen und Verlockungen zu widerstehen und möglichst zu meiden. Entscheide man sich aber den unbequemeren und steinigeren Weg einzuschlagen, der als erstrebenswert dargestellt wurde, denn führe dieser auch zu einem erstrebenswerten Ende, also z.B. zum „Himmelreich".

Kämpfen bis zum letzten Blutstropfen

Mein Vater gehörte zur Generation, die von Hitler „verführt" zum Wehrdienst eingezogen und in den 2. Weltkrieg geschickt wurde, obwohl er eine christliche Grundeinstellung hatte. Er war ein ordentlicher Junge, wie man auf dem Bild mit seiner Mutter sieht.

Natürlich war er von seinem Elternhaus geprägt - sein Vater war im Ehrenamt Kirchendiener. So war es sicherlich zunächst nicht ganz konfliktfrei für ihn, der Nationalsozialistischen Arbeiter-Partei beizutreten. Wie die Kirche zu der neuen Situation und Staatsführung stand, kann man zeitgenössischen Briefen entnehmen. So schrieb z.B. der damalige evangelische Ortspfarrer Adolf Kaiser im Mai 1940 an die „Lieben Freunde in der Uniform". Das sind „Briefe an die Soldaten aus der Heimat." Meine Cousine Marie zeigte mir diese Briefe und diese sprechen für sich, bzw. beleuchten die Situation näher.

Vieles sprach damals zunächst dafür, dass diese Sache angesichts der hohen Arbeitslosigkeit und der aufkommenden wirtschaftlichen Notlage in Ordnung ginge, wobei ein Gesichtspunkt dafür wohl auch war, dass die Jugend in „Zucht und Ordnung" herangezogen werden sollte. So war die Propaganda der Nationalsozialistischen Deutschen Arbeiterpartei NSDAP darauf angelegt, die Jugend in Strenge zu erziehen. Es gab dann den Arbeitsdienst, zu dem junge Männer verpflichtet worden sind. Durch den Bau der Autobahn wurde der Arbeitslosigkeit entgegengewirkt. So war für „rechtschaffene Leute" eine gewisse Akzeptanz entstanden. Der Holocaust – die Vernichtung der jüdischen Rasse - war von Anfang an nicht allgemein bekannt, jedenfalls nicht beim „Normalbürger".

Marie, meine Cousine war eine sehr engagierte Frau, Sie leitete eine Mädchengruppe. Wie alle anderen Jugendgruppen sollte auch ihre Gruppe der „deutschen Jugend" eingegliedert werden. Sie weigerte sich jedoch und hatte sogar Erfolg damit.

Weil meine Cousinen Marie und Lina älter waren als mein Vater Otto, wurde er von ihnen liebevoll „Onkelchen" genannt.

Die Mutter von Marie und Lina war die älteste Schwester meines Vaters. Wir haben uns sehr gut verstanden.

Ich kann mich erinnern, dass mein Vater eines Tages einen Brief von der Kriegsfront nach Hause schrieb, er habe einen Güterwagen gesehen, in dem eine Unmenge Menschen transportiert worden sind. Ob das wohl stimme, dass diese in ein Konzentrationslager transportiert und umgebracht werden sollten? Das könne doch kaum wahr sein!

Man hat sich schon einiges zusammengereimt. Zum Beispiel wohnte in unserer Nachbarschaft eine Familie, deren Sohn Emil nicht ganz „richtig im Kopf" gewesen sei; das hat man gewusst. Er war harmlos, unauffällig, hat bei der elterlichen Landwirtschaft mitgeholfen. Eines Tages munkelte man, dass Emil abgeholt worden sei. Das sagte eine Verwandte gesprächsweise, und eine weitere Frau erklärte dann, „Oh je, da wird er nicht mehr lange leben!" Und tatsächlich wurde wenige Tage darauf bekannt, dass bei der Familie die Nachricht eingegangen war, Emil sei an einer Lungenentzündung verstorben. Nähere Umstände wurden nicht bekannt gegeben, und mir als kleiner Junge hat man ohnehin nichts gesagt. Auf meine Frage erklärte meine Mutter beschwichtigend, darüber bräuchten wir nicht zu reden, das ginge uns nichts an. Jedenfalls wurde gemunkelt, dass es doch wohl einige „geheimnisvolle" Dinge gebe, die „Tabu" waren. Auf Fragen von Kindern ging man sowieso nicht ein. Emil war mutmaßlich eines der Opfer als „lebensunwertes Leben" umgebracht worden war.

Erinnern kann ich mich an eine Szene in unserer Wohnküche. Auf dem großen Küchentisch lag ein Atlas ausgebreitet, und jemand hatte die Frontabschnitte der Kriegshandlungen erklärt. Ich wollte als ca. 4 bis 5-jähriger Bub wissen, gegen wen eigentlich der Krieg geführt würde. Man erklärte mir die Grenzen auf einer Weltkarte. Und ich fragte dann, welches Gebiet denn Deutschland sei. Spontan begriff ich die geringe Größe des Deutschen Reiches verglichen mit der übrigen Welt, worauf ich es wagte zu äußern, „dann verlieren wir". Das wollte keiner der Erwachsenen hören.

Die Einberufung meines Vaters ist mir nicht mehr in Erinnerung. Ich weiß nur noch, dass er im Krieg mit der Organisation vom Küchenbetrieb und der Essenszubereitung zu tun hatte. Da war auch von Gulaschkanone die Rede, wobei mir nicht klar war, dass dieses keine Waffe ist.

Maries Verlobter, Onkel Max war auf Heimaturlaub, was ein großes Ereignis war, bei dem die Familie zusammenkam. Schließlich kam das nicht so häufig vor. Ich bemerkte die beklemmenden Fragen, dass Soldaten im Krieg „fallen" - was für mich nicht gleichbedeutend mit „tot" war - und schließlich stellte ich an den Onkel Max auf dem Weg zum Bahnhof vor seiner Abreise die Frage, ob denn auf ihn auch geschossen werden könnte. Er beruhigte mich mit der Erklärung, er habe da einen Trick, wenn ein Feind auf ihn ziele, würde er sich, wenn dieser hoch ziele, schnell bücken, und wenn er niedrig ziele, würde er in die Luft springen, damit der Schuss unter ihm durchginge. Ich habe das in meinem Kindesalter für einen akzeptablen Weg gehalten.

Dann kam irgendwann die Nachricht; Onkel Max sei „vermisst". Ich hielt das nicht für die „schrecklichste" Mitteilung. Für mich war „vermisst" nicht „hoffnungslos", also nicht gleichbedeutend mit „tot". Meine Familie allerdings sah das ganz anders und war entsetzt.

Die Bedeutung von „Gefallen" war mir als kleiner Junge nicht ganz klar. Wenn in der Schule ein Mitschüler aufgerufen wurde mit der Mitteilung, dass sein Vater gefallen war, war ich ganz neidisch. Wurde doch mein Vater nie erwähnt. Er sollte doch auch genannt werden.

Mein Vater war auf Heimaturlaub und ging einmal mit mir zum Frisör Zimmermann. Da Hitler den Scheitel auf der rechten Seite trug wollte mein Vater unbedingt, dass mein Scheitel auch auf der rechten Seite sein sollte. Allerdings ließ das meine Kopfform, laut Frisör Zimmermann nicht zu. Was meinen Vater unzufrieden machte.

Dass der Krieg gefährlich war und meinem Vater etwas hätte passieren können, war mir damals nicht bewusst. Die Dramatik eines Krieges war mir nicht bewusst.

Meine Mutter

Meine Mutter war eine sehr hübsche, junge Frau mit dunklem Teint und schwarzen Haaren und stammte aus Sulzfeld im Kraichgau.

Sie war sehr tüchtig und kannte sich im Zubereiten von Leckereien und Gerichten bestens aus. Genauso tüchtig war sie beim Thema Gesundheitspflege bzw. Versorgung und Betreuung bei Krankheiten. Sie war sehr fromm und hat uns Kinder abendlich nicht ohne ein „Gute-Nacht-Gebet" zu Bett gebracht. Das schlichteste war wohl für mich: „Lieber Jesus, mach mich fromm, dass ich in den Himmel komm", oder „Ich bin klein, mein Herz mach rein, soll niemand drin wohnen als Jesus allein.

Amen" Beim Abendglockenläuten mussten wir nach Hause eilen und vor der Mutter stehen und beten: „Hörst Du wohl, was es bedeutet, dieses Abendglockenläuten? Es bedeutet abermals deines Lebens Ziel und Zahl. Wie der Tag hat abgenommen, so wird auch der Tod ankommen, drum oh' Mensch so schicke Dich, dass Du sterbest seliglich. Amen". Für uns kleine Kinder war dies vielleicht etwas zu „anspruchsvoll".

Ganz „originell" war es am Morgen, als sie uns, meine Schwester Renate und mich, zum Kindergarten entlassen wollte. Sie stand an der Haustür zum Hofe, wo am Türrahmen ein Thermometer hing; den hat sie abgenommen, ihn betrachtet und dann als unwiderrufliche Entscheidung verkündet: "Heute, 18 Grad, da kann man barfuß laufen."

Wir mussten daraufhin uns der Fußbekleidung entledigen und uns auf die Straße zum ca. 300 Meter entfernten Kindergarten begeben. Manchmal war die gefühlte Temperatur doch noch ziemlich kalt, so dass ich auf der Straße schnell über die Schatten der Häusergiebel eilte. Während in den Zwischenräumen, wo die Sonne schien, langsamer ging.

Vor dem Wochenende gab es eine feste Regel,
das Bad am Samstagabend. Dazu wurde eine
große Zinkwanne aus dem Schuppen geholt und
auf zwei Hockern in der Wohnküche aufgestellt.
Die Wanne wurde zu dreiviertel mit Wasser ge-
füllt, und meine Schwester Renate war die erste,
die nackt einsteigen musste. Dann kam ich dran.
Mutter hat mich eingeseift und mir auch den Rücken gewaschen.

Unsre Mutter war eine „Schafferin", ihr Motto war: „Müßiggang ist aller Laster Anfang". Demnach musste immer etwas getan werden, das übte sie bis in ihr hohes Alter von 74 Jahren aus. Wenn ich als Junge in meiner Freizeit rumtollen oder mit Kameraden Fußballspielen wollte, hatte sie vorher noch eine Arbeit für mich. Ich sollte Bohnen, Erbsen oder Mais "ausbrockeln", so dass man sie weiterverarbeiten konnte, oder zumindest einen leeren Sack mitnehmen und Hasenfutter mit nach Hause bringen. Einen Freigang musste ich mir verdienen, es gab fast immer eine Pflicht.

Einmal gab es Probleme. Ich hatte mich beim Herumturnen am linken Oberschenkel zwei Tage vorher verletzt. Es war eine tiefe offene Wunde. Aber aus Angst, dass ich Bestrafung zu erwarten hätte, wenn ich das eingestehe, vor allem, wobei dies passiert war, verschwieg ich diese Verletzung, die sich langsam

29

entzündet hatte. So wollte ich mit einer Unterhose in die Badewanne steigen, was Mutter sofort unterband. Ich musste die Hose ausziehen und damit kam meine Wunde zum Vorschein. Ich musste trotzdem das Bad nehmen, anschließend wurde die Wunde nach Mutterart versorgt. Ihr Rezept bei offenen Verletzungen und auch bei Prellungen war: Milch in einen Unterteller geben, dazu einen kleinen Schuss Essig, umrühren, die Substanz mit Tupfer ausdrücken, diesen auf die Wunde legen und verbinden. Das beruhigt und die Wunde heilt schnell.

Ich wurde, wie erwartet, gehörig ausgeschimpft, allerdings mit der Begründung, weil ich nichts gesagt hatte. Meine Mutter hatte, glaube ich, Bedenken wegen einer möglichen Blutvergiftung. Die Wunde wurde aber nicht weiter ärztlich versorgt und die Narbe ist natürlich heute noch sichtbar. Die Verletzung hatte ich mir übrigens beim Toben an der Dreschhalle zugezogen, denn es war mal wieder mein Cousin Konrad aus Karlsruhe zu Besuch. Und weil wir nicht folgsam gehorchten und mitarbeiteten, war bei meiner Familie vor allem bei meiner Verwandtschaft in der Hauptstraße sein Besuch nicht gerne gesehen. Da hieß es dann „Der Brigant ist wieder da." Er war ja kein Räuber oder Gesetzloser, aber mit Unfug war zu rechnen, und er lenkte mich vom

„vernünftigen Arbeiten" ab. Was mir natürlich Spaß gemacht hat. Meiner Familie weniger.

Manchmal konnte ich meine Mutter nicht ganz verstehen. Wenn es in unserer Familie Spannungen gab und etwas geschimpft wurde, legte sie Wert darauf, dass dies leise geschah, denn die Nachbarn könnten es sonst hören und würden sich dann freuen, wenn bei uns Unfriede herrschte. Sie konnte auch beanstanden, wenn bei Nachbarn laut gelacht wurde, dann konnte sie sagen, „Warum lachen denn die so, was gibt es denn zu lachen?" Das war nur eine rhetorische Frage.

Wenn mir mein Vater eine Tracht Prügel verabreichte, gefiel Mutter das ganz und gar nicht, aber weinen musste ich auch möglichst leise. Oft hat unser Nachbar Glutsch die Prügelstrafe meines Vaters an mir sehr beanstandet mit der Drohung, er würde dies einmal anzeigen. Bei ihm hatte ich ein besseres Ansehen.

Mutter konnte auch Lebensweisheiten und Ver-haltensweisen von sich geben, z.B.: wenn wir ir-gendwo etwas sagen sollten: „Hilf, dass ich rede stets, womit ich kann bestehen, lass kein unnüt-zes Wort aus meinem Munde gehen. Und wenn in meinem Amt ich reden soll und muss, so gib den Worten Kraft und Nachdruck ohn' Ver-druss." Das konnte man sich merken, und ich habe das öfter bei den vielen Ämtern bedacht, die ich im Laufe meines Lebens begleitet habe.

Kriegserlebnisse – wie geht ein kleiner Junge mit Angst um?

An Angst erinnere ich mich nicht direkt. Aber ich kam in Situationen, die mir Angst machten. Da waren lange Monate immer wieder nachts Fliegeralarme, angekündigt durch penetrantes Sirenengeheul. Meine Mutter nahm mich aus dem Bett und trug mich in unseren Keller, in den sogenannten Luftschutzraum, wo für jeden eine Bettstelle bereitstand. Dort konnte ich in der Regel weiterschlafen.

Einmal herrschte eine besondere Stimmung, weil Bomben über Neureut abgeworfen wurden und ein Haus getroffen war. Alle machten sich auf, um sich an das getroffene Haus, es war das Gasthaus „Waldhorn" zu begeben, um zu sehen, was passiert war. Ich erinnere mich, dass der an das Gasthaus angebaute Saalbau zerstört und in hellen Flammen stand. Ich hatte zuvor noch nie ein brennendes Haus gesehen. Ich dachte auch nicht, dass ein steinernes Haus brennen konnte.

Ich erinnere mich auch an einen Fliegeralarm, der tagsüber losging. Alle Leute im Hause waren in den Keller geeilt. Ich stand dann alleine im Hof. Feindliche Bomber flogen am Himmel, und ich nahm als vielleicht zweijähriger Knabe eine lange Stange, zielte in den Himmel gegen die Flugzeuge und sagte „Peng, Peng, Peng", um zu demonstrieren, dass ich auf diese Flugzeuge zielte und sie abschießen wollte.

Die Sulzfelder Zeit

Im Herbst 1944 hat bei uns zu Hause ein Aufbruch stattgefunden. Da mein Heimatdorf relativ nahe an der Grenze zu Frankreich lag – die Franzosen waren ebenfalls gegen Deutschland am Krieg beteiligt - war die Theorie, die Bevölkerung hätte mehr Chancen, nicht mit dem Feind in Berührung zu kommen, wenn sie sich weiter weg vom Grenzgebiet aufhalten würde. Und so wurden Pläne geschmiedet, wohin man von meinem Heimatdorf wegziehen könnte.

Die Schwester meiner Mutter, Tante Jakobine wohnte mit ihren vier Kindern Wilfried, Gudrun, Albrecht und Christel im Kraichgau. In Sulzfeld hatte sie ein Lokal in einem großen Wohnhaus, und so fiel der Entschluss, dorthin umzusiedeln, innerhalb des Badisches Landes ca. 60 km von zu Hause entfernt. So wurde der Abschied aus unserem Haus in Neureut vorbereitet - die Stallhasen wurden geschlachtet, die meisten Hühner einen Kopf kürzer gemacht und das Notwendigste zusammengepackt. Es gab ein abschließendes Essen, einen Brei aus Haferflocken, an den ich mich noch gut erinnern kann. Und so brach die Familie zu Fuß in Richtung Karlsruhe auf und landete am gleichen Abend noch in Grötzingen, wo wir bei einer bekannten

Familie übernachteten. Am Tag darauf ging es in der Frühe weiter. Allerdings stieß hier ein organisiertes Pferdefuhrwerk hinzu, vermutlich mit unseren Sachen aus dem Hausstand beladen, mit dem meine Mutter mitfahren durfte. Ich wollte hier natürlich auch mitfahren, doch diese Bitte wurde nicht erfüllt. Warum meine Mutter diesen Vorzug bekam, war mir damals nicht klar. Mir war entgangen, dass sie wegen Schwangerschaft an Leibesfülle zugenommen hatte.

Kaum in Sulzfeld angekommen war die Überraschung groß. Eine Verwandte kam den kleinen Schneehang herunter und rief uns zu: wir sollten mal zu ihr kommen, es sei etwas sehr Wichtiges passiert. Sie erklärte, dass wir Geschwisterchen bekommen hätten: Zwei, ein Brüderchen und ein Schwesterchen. Woran man den Unterschied erkennen könnte, habe ich noch gefragt. Sie sagte, das sei doch klar, wenn ein Kind Peter heißt, dann sei es ein Junge, wenn es Ursula heißt, dann sei es ein Mädchen. Das war mir sofort einleuchtend. Und als ich in das Haus meiner Tante kam, es war der 14. Januar 1945, konnte ich die neuen Geschwister sehen. Das Brünette mit dunklen Haaren, war also Ursula. Das schlanke, hellhäutige Kind war mein neuer Bruder Peter.

Als mein Vater vom Wehrdienst als wehrdienst-
untauglich vom Krieg heimgeschickt wurde,
hatte er Ruhr. Eine Magen-Darmerkrankung. Er

war nicht einmal 50 Jahre alt und war ein sehr kranker Mann. Kaum ausgemustert, wurde er zum sogenannten „Volkssturm" eingezogen. Das waren wohl die letzten Reserven des deutschen Volkes, ein Trupp von kranken Männern, nicht mehr in Uniform, sondern in normaler Zivilkleidung, dazu kamen dann noch die Jungs von 12 bis 14, 15 Jahren, die das Vaterland retten und noch den Sieg herbeiführen sollten. Es gibt darüber unzählige Berichte, über die man nur mit dem Kopf schütteln kann. Denn es waren wirklich sinnlose Verzweiflungstaten.

So wurden z.B. kleine Brücken gesprengt, die über ein Bächlein von etwa zwei Meter Breite führten, um den Feind aufzuhalten. " Kämpfen bis zum letzten Blutstropfen", das war die Parole. Ab dann war mein Vater wieder im Krieg.

Angst, ja eine tiefe Bedrohung hatte ich empfunden, als französische Soldaten auf die Ortschaft Sulzfeld zukamen und ihre Gewehre auf uns gerichtet hatten. Während der Sulzfelder Zeit sahen wir Jungens zu, wie feindliche Flieger in einigen Kilometer Entfernung Bomben abwarfen. Die Aufschläge erschütterten die Erde, was wir auch empfanden. Wir sind später dort hingegangen, ein Bauernhof war getroffen worden und wir fanden einen riesigen Krater von ca. 10 Meter

Durchmesser vor, in dem Vieh lag: halbe Schweine und eine Menge Federvieh. Das war schrecklich anzusehen. Bei den Einschlägen hat die Erde gebebt, ähnlich eines Erdbebens.

Einmal war ich alleine unterwegs, als ein feindlicher Jagdflieger mit riesigem Motorengeheul über den Himmel raste. Ich sah daran den Flugzeugführer sitzen - wir sagten dazu das Männchen - und ich hatte den Eindruck, dass er mich auch sah. Er lenkte sein Flugzeug in einem großen Bogen, kam dann zurück, und ich hatte den Eindruck, dass er in meine Richtung kam. Er feuerte mit einem Maschinengewehr in meine Richtung, und ich sah die Erde einige Meter von mir entfernt von den Geschossen aufspritzen. Da merkte ich, dass es gefährlich war und ich hatte etwas wie Angst empfunden. Aber geredet habe ich darüber nicht, sonst wäre ich vielleicht ausgeschimpft worden. Ich war alleine mit meiner Angst, unterdrückte sie, oder stellte mich ihr mutig, aber naiv entgegen. Doch so erging es fast jedem.

Dann war der Krieg vorbei. In Sulzfeld war ich ca. drei Wochen lang in die Volksschule gegangen. Wo sich mein Vater damals befand, weiß ich nicht mehr. Eine ergreifende Szene aus dieser

Zeit ist mir in Erinnerung geblieben. Der Kinderwagen mit den zwei Neugeborenen stand im Hof, als einer der inzwischen eingetroffenen Soldaten, ein dunkelhäutiger Mann, angeblich ein Marokkaner der französischen Besatzungsmacht, in den Kinderwagen blickte und mit Tränen in den Augen ein Geldstück zog und es meiner Tante für die Kinder zusteckte. Von dieser Szene wurde noch lange gesprochen.

Ich erinnere mich wie heute, wie französische Soldaten in Reih und Glied den Rohrbacher Buckel herunterkamen, jeder ein Gewehr im Anschlag gegen die Ortschaft gerichtet. Ich stand auf der Straße und sah nach oben zum Berghang Richtung Rohrbach. Es dauerte lange, bis ich entdeckte und begriff, dass die Soldaten der rechten Flanke, die herabkamen auf die Ortschaft Sulzfeld zu, schon sehr nahe waren, näher als die übrigen Soldaten. Ich empfand plötzlich die auf uns gerichteten Gewehre als Bedrohung. Und schnell rannte ich zurück ins Haus, den Treppenabgang hinunter, der auch als Zuliefereingang vorgesehen war, und verkroch mich im hintersten Eck des Kellers.

Zwischenzeitlich wurde von meinem Elternhaus in Neureut berichtet, dass in unser Haus an der

Fassade eine Granate eingeschlagen war und genau die Stelle im Keller getroffen hatte, an der ich üblicherweise bei Fliegeralarm immer gelegen hatte. Zu Hause in Neureut wäre ich wahrscheinlich nicht mit dem Leben davongekommen, sondern auch Kriegsopfer geworden.

Interessant war für uns, wenn nachts Fliegeralarm ausbrach. Es herrschte ja Verdunkelungsplicht und es war absolut dunkel, damit die feindlichen Flieger keinen Lichtschein wahrnehmen konnten und die Städte kein sichtbares Ziel boten. Wenn dann die Fliegerverbände mit ihren brummenden Motoren bedrohlich zu hören waren, gab es ein „regelrechtes Schauspiel". Sirenengeheul kündigte den sich nähernden Feind an, und die Flakabwehr, die mit sehr starken Scheinwerfern ausgestattet war, versuchte die Flieger im Lichtstrahl zu erfassen, damit sie ein besseres Ziel bieten konnten und die Flakabwehr vielleicht einen Treffer landen konnte. So wurde der Himmel mit den Scheinwerfern abgesucht und versucht, ein feindliches Flugzeug mit dem Lichtstrahl zu erfassen und abzuschießen. Ich habe aber nie erlebt, dass die Flak einen Flieger getroffen hätte oder ein Flieger abgestürzt sei.

Wie mein Vater irgendwann wieder zu uns gestoßen ist, ist meinem Gedächtnis entfallen. Mir ist nur noch erinnerlich, dass mein Vater krank nach Hause gekommen war. Bei einem Kurzurlaub in Sulzfeld hatte er wohl erstmals seine zwei jüngsten Kinder gesehen und konnte seine Familie in die Arme schließen. Daran hatte ich, was meine Person betrifft, keinen Anteil.

Wir hatten durch Sammeln von Feldfrüchten keinen Hunger zu leiden. Aus Brennnesseln wurde Spinat zubereitet, Sauerampfer und Kamille wurden gesammelt. Oft gab es Bratkartoffeln und Sauermilch, was mir nicht so gut schmeckte. Wenn wir dazu angehalten wurden, froh über das Essen zu sein, mit der Bemerkung, die Soldaten wären froh, wenn sie zu Essen hätten, wollte ich aus Solidarität die Pellkartoffeln mit der Schale essen. Aber fast jeden Mittag, wenn die Damen noch beim Abwasch waren, kam ich an die Durchreiche, vom Lokal zur Küche, klopfte an und fragte: „Hat schon jemand Brot gehabt?" Offenbar wurde ich während dieser Zeit von Brot nie ganz satt.

Meine Spielkameraden waren mein Cousin Konrad, Hans Weiss und ein Junge namens Paul Holz. Alle waren älter als ich, und ich rannte eben immer den anderen hinterher. Das Lokal meiner Tante war die Bahnhofswirtschaft, und so war es nicht weit zum Bahnhof, der über die

Geleise leicht zugänglich war. Ich erinnere mich an einen üblen Streich, Wir hatten am Bahnhof eine Lore entdecke, also ein relativ kurzer Wagen, der lose dastand. Wir schoben ihn an und er rollte los. Also schoben wir ihn in Richtung Eppingen auf die normalen Gleise und hüpften auf das rollende Fahrzeug drauf. Dass das ein sehr gefährliches Spiel war, war uns nicht ganz bewusst; ich dachte mir jedenfalls nichts dabei. Wir Jungens spielten oftmals ein weiteres „gefährliches Spiel". Wir suchten der Suche nach „Blindgängern", d.h. nicht losgegangenen Brandbomben.

Die Kapitulation und damit das Kriegsende bedeutete für uns dann auch das Ende der Sulzfelder Zeit. Im Frühsommer 1945 sind wir unter der Regie von Cousine Marie, einer Nichte meines Vaters, per Fußmarsch von Sulzfeld nach Neureut zurückgekehrt. Marie war die Frau des vermissten Onkel Max gewesen. Sie war eine junge und hübsche, aber auch sehr resolute Frau voller Energie, die gewarnt wurde, diesen Tagesmarsch mit uns zu unternehmen, denn es mussten ja viele feindliche Soldatenlager passiert werden. Ich konnte noch nicht begreifen, wieso das gefährlich sein könnte.

Um 20 Uhr war angeordnete Sperrstunde - anschließend durfte kein Zivilist mehr auf der öffentlichen Straße sein – und kurz vor 20 Uhr hatten wir erst Eggenstein erreicht, so dass wir nur knapp die Sperrstunde bis Neureut verfehlten. Dennoch kamen wir unbeanstandet durch. So waren wir an einem Tag zu Fuß ca. 60 -70 km gegangen. Wir trafen dann bei den Verwandten in der Hauptstraße, ganz in der Nähe unseres Hauses todmüde ein. Unser Haus in der Kirchfeldstraße musste dann erstmal hergerichtet und repariert werden.

Erinnerungen an meinen Vater

Mein Vater war zwischenzeitlich wohl ein überzeugter Parteigenosse der NSDAP geworden. Es ist augenscheinlich und bezeichnend, da er es wichtig fand, dass ich als dreijähriger Junge eine Soldatenuniform besitze. Meine Mutter hat sie aus einem Soldatenmantel geschneidert - eine komplette Uniform.

Mein Vater war sehr krank heimgekehrt vom Krieg, fand dann aber bald eine Arbeit beim Verwandten Emil Stober, der eine Blechnerei & Installation betrieb. Um entsprechend seines ursprünglichen Berufs als Buchdrucker unterzukommen, ging er zu einer Firma namens

Andrema, die der Badischen Beamtenbank angeschlossen war. Recht schnell bekam er dann eine feste Anstellung als Bankangestellter. Er war dort sehr beliebt. Überhaupt war er zu allen Leuten außergewöhnlich freundlich. Mir ist in lebhafter Erinnerung geblieben, dass er seinem freundlichen Gruß immer den Namen des Betreffenden anfügte also nicht nur „guten Tag" oder „Guten Morgen" sagte, sondern z.B. mit „guten Abend, Wilhelm" grüßte.

Obwohl die Familie nach außen wie auf dem Bild einen zufriedenen Eindruck machte, war mein Vater mit der Erziehung meiner Person, also seines ältesten Sohnes, offenbar überfordert; ein vernünftiges Gespräch fand kaum statt.

Wenn er z.B. abends nach dem Abendessen seine Jacke oder den Mantel anzog und Anstalten machte, das Haus zu verlassen und ich ihn fragte, wohin er jetzt gehen wolle, lautete seine Antwort immer gleich: „Zu den anderen, dass sie nicht alleine sind". Ich plagte dann meine Mutter, den Grund seiner Abwesenheit zu erfahren, die dann schlicht erklärte, Vater gehe zur Kirchenchorprobe.

Er war ein eifriger Chorsänger, und er sang oft mit seinem lyrischen Tenor Kirchenlieder zu Hause. Eines seiner Lieblingslieder war: „Freue Dich sehr oh meine Seele". 58 Jahre später bei unserer Goldenen Hochzeit ließ ich dieses Lied von unserem Chorleiter, Bariton Makitaro Arima, als Sologesang singen. Es war auch eine Erinnerung an meinen Vater.

Mein Vater sang auch gerne „Ich hebe meine Augen auf zu den Bergen, von welchen mir Hilfe kommt." Er war begeisterter Helfer im Theaterverein, denn Neureut hatte auch eine Freilichtbühne. Mein Vater war Vereinskassier und sorgte auch für Theaterkarten.

Gleichzeitig hatte er trotz gesundheitlicher Probleme das Amt als Kirchendiener übernommen, und er sorgte über seinen Kollegen Herr Elsässer von der BBBank dafür, dass die Kirchenturmuhr wieder in Gang gebracht wurde. Die Strecke zur BBBank nach Karlsruhe legte er immer mit seinem Fahrrad zurück. Wenn er dann abends heimkam, musste ich ihm früher zur Begrüßung immer ein Küsschen auf die Wange geben, was ich nicht gerne tat, da er total verschwitzt war.

Mein Vater ist nach drei Schlaganfällen mit 46 Jahren verstorben. Da waren meine jüngeren Geschwister erst sechs Jahre alt. Sie hatten sicherlich ein besseres Verhältnis zu ihm.

Ich war für ihn ein „großes Sorgenkind", eigenwillig und uneinsichtig und keineswegs folgsam. Er ist sicher mit dem bangen Glauben gestorben, dass aus mir, seinem ältesten Sprössling, nichts Gescheites werden würde. Gemeinsame glückliche Höhepunkte gab es kaum.

Ich erinnere mich nur an wenige Begebenheiten, so z.B. an ein Fußballspiel, zu dem ich mitdurfte. Er radelte und ich lief neben ihm her. Ansonsten habe ich nicht viel Liebe erfahren. Als Kind musste ich hart arbeiten, wurde oft hart bestraft, manchmal gebrauchte er sogar eine Dachlatte gegen mich, weil gerade kein anderes Schlaginstrument zur Hand war.

Mein Vater war ein liebenswerter Mann für alle, doch für mich war er ein strenger Vater.

Heute vielleicht weniger, denn ich bin ihm nicht mehr gram. Er hat mich geprägt. Heute ist eher ein Bedauern übriggeblieben. Wir hatten eine gemeinsame Zeit, die trotz widriger äußerer Umstände hätte glücklicher sein können.

Als er tot im Sarg lag, im Wohnzimmer, habe ich es sehr bedauert.

Meine Schwester Renate

Sie war ein außergewöhnliches Mädchen, pünktlich, fleißig, gescheit. Sie war, auch im Haushalt, immer hilfsbereit, und was für die Eltern wichtig war, sie war außergewöhnlich fleißig und perfekt beim Einkaufen. Sie benötigte keinen Merkzettel, sie konnte sich alles merken, wusste auch was welche Lebensmittel kosten, hatte immer das Rausgeld parat und war vor allem flink. Sie hatte die Wegstrecke zum Bäcker oder Metzger im Laufschritt zurückgelegt, ganz im Gegensatz zu mir; Ich brauchte mehr als doppelt so lange, wusste nicht Bescheid über Preise oder das Rausgeld. Ich genügte diesen Ansprüchen nicht. Ich konnte mit ihr nicht konkurrieren. Nach dem Essen räumte sie ungeheißen den Tisch ab, machte den Abwasch ohne Aufforderung und war ständig beflissen, alles zu tun, was die Eltern wünschten. Renate durfte auch keinen Freund haben, ohne dass das Elternhaus oder die Verwandtschaft in der Hauptstraße davon wusste und die Verbindung akzeptierte. Ich dachte nicht daran, sie als Vorbild zu nehmen. So war unser geschwisterliches Verhältnis nicht das allerbeste. Sie bekam immer Lob. Ich nie.

Meine Jugendzeit

Eine Zeitlang ging ich zu meiner Cousine Else, die Organistin war. Bei ihr erhielt ich einige Monate lang Klavierunterricht. Aber nach einer Ferienzeit verlor sich diese Gepflogenheit, was ich seitdem bereue und sehr bedauere. Denn bei meiner Begeisterung und auch meinem Talent, was das Singen anbelangt, wäre ich mit großer Wahrscheinlichkeit dem Chorgesang und Musizieren treu geblieben.

Meine schulischen Leistungen waren durchschnittlich. Ich war nicht der Meinung, dass es nötig sei, Hausaufgaben zu machen. Die habe ich dann schnell in der Schule vor dem Unterricht erledigt. Heute bedauere ich das ein wenig. Eigentlich habe ich ja ohne besondere Mühen gelernt. Gleichzeitig bin ich sehr zufrieden mit dem, was ich erreicht habe.

Eines Tages kam Cousine Marie mit der Frage auf mich zu, ob ich nicht die höhere Schule besuchen wolle; sie würde das Schulgeld übernehmen, ich müsste da aber viel lernen. Ich fragte, ob ich dann trotzdem zu Hause noch arbeiten müsse, worauf sie an meine Mutter verwies. Die antwortete, dass eine angemessene Arbeit sein müsse. Daraufhin entschloss ich mich, dann lieber in der Volksschule zu bleiben. Zu- oder abgeraten hat mir dabei niemand. Ich war erleichtert, denn ich war kein begeisterter Schüler.

Wo ich Talent hatte, war klar, ich war echt stark im Auswendiglernen und Rezitieren. Mit diesem Talent fiel ich auch schon in der Volksschule auf. So konnte ich sehr bald - ohne mich echt zum Lernen zu bemühen, allein durch mehrmaliges Hören, die Verse auswendig, so z. B. bis heute „das Lied von der Glocke" oder des „Sängers Fluch", von Friedrich Schiller.

Freilich ging ich zur Jugendstunde in den CVJM, ebenso zur Übungsstunde beim Posaunenchor, war aktiver Sänger im Kirchenchor und habe auch Leichtathletik beim Eichkreuzsport betrieben. Ich war da spezialisiert auf Mittelstrecke und Hochsprung. Mit 17 Jahren habe ich bei Prof. Poppen einen Lehrgang für Chorleitung absolviert.

Gegen Ende die Volksschule suchte mein Vater eine Lehrstelle für mich; ich sollte Maler werden. So habe ich auch ein paar Wochen als Lehrling gearbeitet, bis ich dann wegen einer chronischen Kniegelenksentzündung die Lehrstelle aufgeben musste. Bei Autosattler Erich Nirk habe ich dann das Autosattlerhandwerk erlernt und 1955 auch mit gutem Ergebnis die Gesellenprüfung bestanden.

Mir imponierte unser Verwandter, der Mann meiner Cousine Lina, Emil Stober, der ehemalige Blechner- u. Installateurmeister. Er wurde Landesposaunenwart der Badischen Landeskirche. Über ihn hatte ich auch mein Instrument, eine neue Tenortrompete erhalten. Das hatte mein Vater noch für mich trotz knapper Haushalslage investiert.

Emil Stober war Leiter des Posaunenchors in Neureut, hatte viele Lehrgänge geleitet, damals ausschließlich mit männlichen Bläsern, und ich bewunderte seine Notenschrift, die wie gestochen scharf, eben wie gedruckt zu Papier gebracht worden war. Dass sich so etwas von Hand schreiben lässt, hätte ich nicht für möglich gehalten. Er war für mich ein Supermann, in jeglicher Hinsicht.

Auch sein Sohn Hans-Adolf war als Chorleiter mit der Musik immer verbunden. Er war ein lieber Verwandter, der die Kontakte pflegte, sich kümmerte, auch Krankenbesuche machte und segensreich wirkte. Er hatte Theologie im Lehramt studiert.

Das Bild zeigt Hans-Adolf mit seiner Frau Erika und mich mit meiner Frau Marga über 50 Jahre später. Zusammen mit unserem Sohn Georg, der 1966 geboren wurde und Pfarrer geworden ist, hat Hans-Adolf unsere Goldene Hochzeit mitgestaltet.

1951 war ich aus der Volksschule entlassen worden. Im gleichen Jahr wurde ich mit 82 anderen Konfirmanden in Neureut-Nord von Pfarrer Lassahn, der aus Bromberg/Pommern stammte, konfirmiert. Er hatte uns die christliche Lehre beigebracht. Er war auch mit meinem Vater befreundet, und ich staunte, wie er am Krankenbett meines Vaters, mit ihm zusammen Bibelverse zitierten. Es war offenbar ein fröhliches Zusammensein.

An meinen Denkspruch, den ich zur Konfirmation erhalten habe, kann ich mich noch heute erinnern.

Er wurde später auch der erste Trauspruch, den ich mit meiner Frau Marga hatte. Er steht im Brief des Apostels Paulus an die Epheser im 6. Kapitel, Verse 16 + 17: „Vor allen Dingen aber ergreift den Schild des Glaubens, mit welchem ihr auslöschen könnt alle feurigen Pfeile des Bösewichts und nehmt den Helm des Heils und das Schwert des Geistes, welches ist das Wort Gottes."

Unser zweiter Trauspruch war gleichzeitig der Denkspruch meiner Frau. Er steht beim Evangelisten Johannes im 14. Kapitel, Vers 6: „Jesus Christus spricht: Ich bin der Weg, die Wahrheit und das Leben; niemand kommt zum Vater denn durch mich." Beide Texte haben uns später durch unser gemeinsames Leben begleitet.

Für die Wendung in meinem weiteren Berufsweg nach der Lehre erinnere ich mich an eine Begebenheit. Mit Erlaubnis meiner Eltern durfte ich alleine eine Radtour an den Bodensee unternehmen. Ich wollte meinen Patenonkel in Gottmadingen bei Singen am Hohentwiel besuchen. Mit ihm war ich ein paarmal in Kontakt getreten. Das war ganz im Sinne meiner Mutter, denn Onkel Erwin war ihr Lieblingsbruder. So hatte ich mich mit Brief bei ihm angemeldet, und plante die Route anhand einer Landkarte über Pforzheim, Nagold, Horb, Donaueschingen.

Mein Fahrrad war ohne Gangschaltung. Das machte aber nichts. Ich war in Übung. So fuhr ich frühzeitig los und legte in Pforzheim die erste Vesperpause ein. Dann fuhr ich flott weiter, manchmal der Erschöpfung nahe, und erreichte gegen Abend Gottmadingen. Ich habe mich dabei sehr angestrengt. Mein Onkel fragte nach der sehr strapaziösen Radtour, die sich ja über den ganzen Tag hinweg zog nach dem Verlauf, um zu der Bemerkung zu kommen: „Ach, da haben wir früher noch andere Touren gemacht". Ein Lob über diese Leistung verkniff er sich.

Abends, beim „Gassi führen" seines Riesen-
schnauzers „Fleck" kamen wir an einem Werbe-
plakat vorbei, auf dem die Bereitschaftspolizei
Baden-Württemberg junge Männer zum Eintritt
zur Polizei aufforderte mit dem Slogan: "Komm
zu uns!" Da bemerkte mein Onkel so nebenbei,
„Das wäre ja auch was für Dich, aber da werden
sie Dich nicht brauchen können."

Für mich war diese Bemerkung ein Ansporn, der
mir nicht so schnell aus dem Kopf ging. Mein
Entschluss stand fest: Ich gehe zur Polizei.

Die schlimmste Zeit meines Lebens

Die Berufsaussichten in meinem erlernten Beruf als Autosattler waren doch begrenzt, Der Stundenlohn lag tariflich bei 19 Pfennigen, was mir im Monat ca. 25 D-Mark einbrachte. So erkundigte ich mich nach den Einstellungsbedingungen bei der Polizei. Erforderlich war eine abgeschlossene Lehre, die ich ja hatte, das Bestehen der Aufnahmeprüfung, einen guten Leumund, also auch keine Vorstrafen. Ein Freund der Familie war Landgerichtsdirektor August Herb, der mein Leumund war. So habe ich in Karlsruhe-Durlach die Aufnahmeprüfung absolviert, die aus einer ärztlichen Untersuchung, einem Test schriftlicher Art mit Mathe, Aufsatz, Diktat und Allgemeinbildung bestand.

Am zweiten Tag kam die persönliche Vorstellung mit dem Ergebnis: bestanden. Ich erhielt bei freier Kleidung, der Uniform, im Monat 120,- DM, also Deutsche Mark. Das meiste davon konnte ich sparen.

Und so wurde ich auf den 5. Oktober 1955 zur Bereitschaftspolizei nach Göppingen einberufen. Dass wir am gleichen Nachmittag noch nach Biberach a.d.R. ins entfernteste Schwabenland chauffiert werden sollten. auf LKW-Pritschenwagen, auf denen lose Sitzbänke standen, erfuhren wir erst kurz vor der Abfahrt. Es war bereits kaltes und unfreundliches Herbstwetter.

Es begann die schlimmste Zeit meines Lebens. Der laute Ton, mit dem alle angesprochen, um nicht zu sagen angeschrien und gemaßregelt worden sind, war unwürdig in jeder Hinsicht. Persönliche Beleidigungen, wie z.B. „Sie Arsch mit Ohren, sie fressen auch keinen Zentner Salz bei der Polizei.", waren noch gemäßigte Aussprüche. Mehrmals schilderte der Zugführer, der früher Ausbilder bei der Wehrmacht war: „Wir müssen hier eure Persönlichkeit brechen, um da-

rauf einen „gescheiten Schutzmann" aufzu-
bauen. Gegen diese gängige Erklärung war kein
„Kraut gewachsen", man musste dies alles über
sich ergehen lassen. Vielleicht konnte man das
Verhalten nur akzeptieren, wenn einer der Kameraden gerade auf solche Art vor versammelter
Mannschaft „fertig gemacht" worden ist, sodass
die Kollegen in Gelächter ausbrachen in der Gewissheit, dass jeder mal drankommt. Sensible
Typen waren hier fehl am Platze. Alles geschah
mit wenig Achtung vor den Persönlichkeiten der
Auszubildenden. So hat ein Hundertschaftsführer zu einem aus Sachsen stammenden jungen
Mann gesagt: „G'wöhne se sich ä mol ihr scheiß-
dreckigs Sächsisch ab und ä g'schaits Schwä-
bisch a".

Neben der Formalausbildung, die im Kasernen-
hof stattfand, gab es natürlich auch noch jede
Menge Unterricht in Polizeifächern, was man leider durch den körperlichen und seelischen Stress
nicht so ernst nahm.

Eine beliebte Schikane war „Eskaladierwand".
Dieses Wort beinhaltete für den Angesproche-
nen den Befehl, im Laufschritt auf eine Bretter-
wand loszurennen, die immerhin ca. 2,40 Meter
hoch war. Die galt es zu übersteigen. Als geübter

Sportler hatte ich persönlich keine Schwierigkeiten da rüberzukommen; aber es gab weniger fitte Kameraden, die erhebliche Mühen hatten, weil schon der Anlauf nicht stimmte. So hingen manche mühselig an der Wand, vielleicht mit einem Bein schon drüben. Aber mit dem schweren Karabiner auf dem Rücken war es auch nicht so einfach.

Schikaniert wurden wir auch dadurch, wenn die angetretene Gruppe das Kommando „Karabinerübung" hörte, was bedeutete, den Karabiner mit beiden Händen zu fassen und in Vorhalte vor den Körper zu bringen und dies mit ausgestreckten Armen. Dann hieß es „Kniebeugen machen" in ca. 5 Phasen, immer ein wenig weiter runter in die Hocke. Auf halber Höhe, hieß es dann „ausruhen" über eine Zeit von ca. 15 Sekunden. Dann ging es weiter nach unten, bis ganz zur Hocke runter, und dann langsam in Absätzen wieder nach oben. Das erforderte Kraft und Kondition, wenn diese Übung mehrmals gefordert wurde.

Mein Ziel war es, diese Zeit zu überstehen. Ich wollte einfach nur überleben.

Der Winter 1955/56

Der Winter 1955/56 war besonders hart. Es war bitterkalt. Es hatte mitunter bis zu minus 26 Grad. Wir waren bei der Bereitschaftspolizei in Biberach in Baracken untergebracht, in einem Zimmer bis zu 8 Mann in verschiedenen Etagenbetten.

Die Kanonenöfen in den Zimmern mussten wir selbst mit Holz bzw. Kohle heizen. Allerdings musste um 21 Uhr abends das Feuer wieder erloschen sein. Es war nämlich allabendlich um 23 Uhr Stubenkontrolle, d.h. ein Wachhabender des Stammpersonals besuchte und kontrollierte alle Zimmer und erwartete vom Stubendiensthabenden eine Meldung in "Hab-Acht-Stellung" etwa mit den Worten: „Polizeiwachtmeister auf Probe Name, Stube gereinigt und gelüftet, alle anwesend. Dabei kontrollierte der Diensthabende, ob der Ofen kalt und staubfrei war.

Bei der geringsten Beanstandung kam es zu einer Schimpfkanonade. Sollte der Abfallkorb nicht geleert sein, zerrte der Dienstmann das Bettzeug in die Mitte des Zimmers, leerte dann den Abfalleimer darüber aus. Die Wäsche sollte in den Schränken eingeräumt sein. Hemden oder Unterwäsche mussten beispielsweise schnurgerade, wie mit einem Lineal gezogen übereinandergestapelt sein, sonst lief man Gefahr, dass alles herausgerissen und durcheinandergeworfen wurde. Dabei schrie der Vorgesetzte, als sei er persönlich beleidigt worden, üble Schimpfworte und bezeichnete die Schrankordnung als „Saustall". Das Geschrei mit fürchterlichen Ausdrücken, wie „Sie Schwein" und gleichzeitig auch die Drohung, „Euch werde ich es noch beibringen". Man kam sich vor, als hätte man ein wirklich großes Vergehen begangen. Um alles, um jede Kleinigkeit, wurde eine große Affäre gemacht. Morgens erfolgte in ähnlicher Weise eine Zimmerkontrolle, wieder mit der Meldung in „Achtungs-Stellung". Dabei „Name, Dienstgrad, alle auf und gesund".

Zu waschen hatte man sich unter fließenden kalten Wasser im Flur an Wassertrögen, die ähnlich aussahen wie Viehtränken, Das Frühstück wurde im großen Speisesaal eingenommen. Dazu war ein gemeinsames Antreten vorausgegangen. Das Antreten musste der Körpergröße nach erfolgen, die Großgewachsenen vorne, die Kleineren gegen Ende der Gruppe. So stand man in Formation, in Marschposition. Die angetretene Gruppe konnte damit rechnen, dass manche Diensthabenden die Hände auf Sauberkeit hin kontrollierten, manchmal auch die Taschentücher, bevor gemeinsam zum Speisesaal marschiert wurde.

Eine komisch „lustige" Begebenheit ereignete sich an einem Freitagabend an welchem gemeinsames Duschen angesagt war. Der ganze Zug, aus ca. 18 Mann bestehend, war beim Duschen, natürlich alle nackt. Dass sich dabei ein Unterführer unter uns befand, hatten nicht alle bemerkt. So kam es, dass einige Blödsinn trieben und herumalberten, bis es dem Unterführer zu bunt wurde. Er schrie die Betreffenden an, und sie standen nackt, wie sie waren, stramm vor ihm, in „Achtungsstellung", d.h. normalerweise die Hände an der Hosennaht, und dieses mal eben ohne Hosen. Das sah dann doch lustig aus.

Zur Formalausbildung war vollständige warme Kleidung vorgeschrieben, manchmal auch eine Kopfbedeckung mit Stahlhelm. Die Formalausbildung geschah in der Regel unter Mitführung des Karabiners des Typs 98 k, 3,9 Kilo schwer, der mustergültig geschultert werden musste.

Ein Gespräch eines Kameraden von uns mit einem Vorgesetzten hatte immer in „Achtungsstellung" zu erfolgen, wenn dies nicht verlangt wurde, hieß es „rühren", dann durfte der Untergebene locker stehen. Es wurde darauf Wert gelegt, dass die Gruppe im Gleichschritt marschierte.

Manchmal wurde verlangt, dass die Gruppe beim Marschieren ein Lied singen sollte. Es geschah, dass die Vorderleute den Anfangston anstimmten, wobei die hinteren Reihen noch nicht mitbekommen hatten, welches Lied überhaupt gesungen werden sollte; auch hatten nicht alle den richtigen Ton angestimmt. So war es nicht verwunderlich, dass es mit dem Lied nicht klappte, worauf der Diensthabende rief „Laufschritt, marsch, marsch!" Das bedeutete, dass die Gruppe die Karabiner straffzogen und die Arme anwinkelten, denn nun sollte gerannt werden, und das alles in Formation und natürlich im Gleichschritt. Der Diensthabende ließ uns dann hin und her rennen, während er selbst stehen blieb und ab und zu „Kehrt marsch!" rief, sodass wir zu ihm zurückliefen. So rannten wir ca. 10-20 Minuten, bis das Kommando kam: „Nehmt Schritt", so dass wir normal weitermarschieren konnten. Jetzt kam wieder das Kommando" Ein Lied", und dieselbe Tour ging von vorne los. Als es wieder nicht klappte, wurden wir erneut zum Rennen aufgefordert. Wir waren alle „außer Puste" gekommen und nassgeschwitzt, und wir sehnten die Pause herbei.

Wir empfanden das immer wieder als große Schikane, und konnten uns nicht dagegen wehren. So wurden wir z.B. in zwei Gruppen über ein zweigeteiltes Feld „gejagt". Die eine Gruppe musste über einen frisch gepflügten Acker rennen, bis es hieß: „hinlegen" und dann „robben". Der anderen Gruppe ging es nicht viel besser. Sie wurden im Laufschritt über eine Wiese gehetzt, auf der vorher Schafe geweidet hatten. Die Wiese war also übersät war mit Schafskot. Auch diese Gruppe musste robben, d.h. mit dem Karabiner in den Händen, auf Knien und Ellbogen sich vorwärtsbewegen. Zwischenrein hieß es „aufstehen

und marsch, marsch!", und dann wieder „hinlegen!". So rannten wir über Feld und Wiese.
Plötzlich hieß es, „in Reihe angetreten!" Jetzt
kam der Befehl „Karabiner vorzeigen", d.h. alle
mussten den Verschluss vom Lauf des Karabiners lösen, der Unterführer wollte durch den
Lauf schauen. Und tatsächlich, in jeder Gruppe
fand sich ein Kollege, der Schmutz im Gewehr-
lauf hatte.

Das wurde hochstilisiert bis zu einer Art „Wehr-
kraftzersetzung", Mit einem Gebrüll von Beanstandung mussten die zwei Kollegen im Laufschritt um das Feld bzw. die Wiese rennen, dabei
den Docht zur Reinigung des Karabinerlaufes in
die dafür im Reinigungsgerät enthaltene Öse mit
Kette einfädeln und den Karabinerlauf durchzie-
hen, bis er sauber war. Die beiden hatten ihre
Mündungsschoner vergessen und deshalb
Schmutz im Lauf. Niemand in den beiden Gruppen hat ein Wort dagegengesprochen. Ob das
wohl nicht Schikane in reinster Natur war? Wir
anderen hatten während dessen einfach Pause.
Wir waren wenig solidarisch mit unseren schika-
nierten Kollegen.

Als es auf Weihnachten zuging, hat jeder von
uns gehofft, zu den Feiertagen heimfahren zu
dürfen. Bedingung aber war, dass jeder grüßen

können musste. Man musste beim Passieren der zu grüßenden Person die rechte Hand mit strammer Haltung an die Mütze legen. Ein Stein wurde als Markierung verwendet, was mich an Geßlers Hut bei „Wilhelm Tell" erinnert. Vom „richtigen" Gruß in Richtung Stein hing es also ab, ob man die Prüfung bestand und der Betreffende zum Weihnachtsfest heimfahren durfte oder nicht. Nicht alle haben bestanden. Bei manchen flossen die Tränen.

Mein Elternhaus habe ich mit der Eisenbahn erreicht. Kaum zu Hause angekommen, besuchte ich, natürlich in Uniform gekleidet, die Nachbarsleute Glutsch, denn dort war ich immer gerne gesehen. Der Sohn dort hieß Reinhard und war Schulkamerad meiner Schwester Renate. Trotz des Altersunterschieds war er mein früherer Spielkamerad. Zu seinem Vater sagte ich seltsamerweise „Reinhard sein Vater". Also Herr Glutsch freute sich über meinen Besuch und wollte von der Ausbildung viele Einzelheiten wissen. Probeweise musste ich strammstehen und Kehrtwendungen vorführen. Er war begeistert über meine "Vorstellung". Ich hatte den Eindruck, in dieser Pose hätte er gerne seinen Sohn Reinhard gesehen.

Nach einem halben Jahr hatten wir die erste Zwischenprüfung in schriftlicher Form. Es kam dann der Umzug zur Bereitschaftspolizei nach Göppingen Ich hätte mich auch in Heimatnähe nach Karlsruhe-Durlach versetzen lassen können. Ich habe mich für Göppingen entschieden. Das war lebensentscheidend, denn hier habe ich meine Frau Margarete kennengelernt. In Göppingen war die schlimme Ausbildungszeit mit den erwähnten Schikanen vorüber. Was vorher fast bis zur Unerträglichkeit streng war, war hier sehr locker. Es waren von der ersten Ausbildungsphase nur noch wenige dabei. Einige meldeten sich zur gerade neu entstandenen Bundeswehr, einige wanderten nach Kanada aus. Ich selbst stellte keine Überlegungen an, mich entlassen zu lassen, denn das wäre für mich eine Blamage gewesen.

Bei einem Besuch zu Hause sprachen wir auch über mein Einkommen und ich freute mich, dass Mutter zustimmte, mir ein Konto bei der BBBank zu eröffnen. Da ich mit 18 Jahren noch nicht volljährig war, benötigte ich noch die Unterschrift von Mutter.

Zurück in Göppingen, wurde ich zur Verwaltung zitiert. Jetzt erwarteten mich schlimme Vorwürfe wegen des Kontos, das ich ohne Wissen der Dienststelle eröffnet hatte. Mir wurde sogar unterstellt, dass ich nur die Absicht gehabt hätte, an Schecks zu kommen, um dann Betrügereien zu begehen. Ich begründete, dass ich doch die Erlaubnis meiner erziehungsberechtigten Mutter gehabt hätte, was offensichtlich niemanden interessiert hat. So musste ich wieder jeden Monat beim Kassenwart anstehen und in bar mein Monatsgehalt abholen. Zwei Jahre später musste jeder Polizeischüler ein eigenes Konto haben.

Es gab aber auch mal eine lustige Begebenheit. Stubenkollege Lothar brachte Urlaubsbilder mit und schwärmte von einem Seeurlaub. Wir betrachteten die Bilder, bis uns auffiel, dass neben dem Lothar noch ein gleich aussehender junger Mann auf dem Bild zu sehen war. Wir staunten, bis einer fragte: "Hast Du einen Zwillingsbruder"? Ja erwiderte er, und ich fragte dann, ob er denn erkenne, welcher er sei. „Natürlich!" meinte er, „ich kenne doch meine Badehose". Das war zum Lachen.

Es kam auch die Zeit der Fahrausbildung. Für die Führerscheine 1 und 3 hatte man sechs Wochen dreimal wöchentlich Unterricht, in Theorie und Praxis. Motorradfahrschule wurde mit einer BMW 250 ccm absolviert, zwischendurch auch mal mit BMW 500 Solo Maschine und manchmal auch mit Beiwagen, in abschüssigen Straßen und auch im Gelände, Waldwege, Wiesen. Die Fahrschule für PKW wurde mit ¾ t Hanomag absolviert. wobei öffentliche Straßen in Göppingen bis hin im Stadtverkehr Stuttgart durchgeführt wurden. Auch hier war der „Kasernenton" üblich. Wenn man am Lenkrad saß und als Fahrschüler unterwegs war, und weiter vorne, also ca. 200 m, ein Rotlicht aufleuchtete, egal ob Ampel oder irgendein Bremslicht, so musste man schlagartig vom Gaspedal heruntergehen bzw. den Fuß bremsbereit zum Bremspedal heben. Wenn das nicht geschah, brüllte der als Fahrlehrer fungierende Unterführer los, als sei es kurz vor einem Zusammenstoß.

Den Führerschein der Klasse 2 konnte man in einem Seminar erlangen, welches über 6 Wochen aus Theorie und Praxis bestand. Als LKW hatten wir einen 5,5 t Büsing. Die Prüfung musste sowohl in schriftlicher und mündlicher Form als auch in der Praxis absolviert werden. Es ergaben sich dann immer wieder bei Ausfahrten Gelegenheiten, Motorrad und Auto aller Klassen zu fahren. Anlass waren oft Katastrophenübungen, zu denen man einen oder mehrere Tage unterwegs war. Kein Fahrzeug hatte Automatik-Schaltung. Der große LKW war mit einem nicht

synchronisierten Getriebe mit Geradeverzah-
nung auch ohne Servolenkung ausgestattet, so
dass man beim Schalten viel Kraft aufwenden
musste und einem abends das Schultergelenk
wehtat.

Unfall mit üblen Drohungen

Es war Mitte Juli 1958, als eine Übung im Württembergischen auf der Schwäbischen Alb angesagt wurde. Diese Übungen sind kein Zuckerschlecken und auch das Klima kann einem zu schaffen machen. So kann man durchaus sagen, es war eine Übung in der rauhen Alb. Ich war vorgesehen, einen UNIMOG mit Langholzanhänger zu fahren. Ich wurde schon vorher an diesem Fahrzeug eingewiesen. Manchmal fuhr ich auch einen MATADOR-Kastenwagen, der eigentlich ein Werkstattwagen war.

In der polizeieigenen Werkstätte war ich zugegen, als alle Fahrzeuge zur Ausfahrt hergerichtet worden sind. Ich habe darauf aufmerksam gemacht, dass an der Bremsanlage des UNIMOG nicht alles in Ordnung sei, denn der Hänger hat keine „Voreilung". Darunter versteht man, dass beim Bremsen die Anhängerräder zuerst abgebremst werden müssen, damit der Fahrzeugzug, also Motorwagen und Anhänger, gestreckt bleiben, und beispielsweise der Anhänger nicht den leichteren Zugwagen schiebt. Auf meinen Hinweis hat in der Werkstatt niemand geachtet. Am nächsten Tag war diese Sache vergessen, was sich als verhängnisvoll zeigen sollte.

Es war kein glücklicher Tag, was auch vorhersehbar war. Zunächst muss erklärt werden, dass der UNIMOG sehr schwach motorisiert war - 1,7 Liter und ganze 25 PS. Der Langholzanhänger war mit Bauholz zum Fährbau vollbeladen worden und überdimensional, viel zu schwergewichtig. So war es eigentlich auch nicht verwunderlich, dass ich die vorgeschriebene Reisegeschwindigkeit in den bergigen Straßen der rauhen Alb von 40 km/h nicht einhalten konnte.

Es ergab sich also, dass ich immer der Kolonne hinterherfuhr. Die Kollegen, die normal motorisiert waren, fuhren mir den ganzen Tag voraus. Die Folge war, dass ich bei einem technischen Halt immer erst einige Minuten später am Rastplatz eintraf.

Der Hundertschaftsführer, der von diesen technischen Dingen keine Ahnung hatte, provozierte mich bei jedem Halt mit spöttischen Bemerkungen, bis hin zu der Frage: „Wie lange sind Sie denn noch bei uns? " Als ich antwortete, ich werde im Oktober die Bereitschaftspolizei Göppingen verlassen, antwortete er lauthals, dass das sein schönster Tag werden würde, wenn er mich nicht mehr sehen müsste. Die ganze Hundertschaft brach in schallendes Gelächter aus, natürlich auf meine Kosten. Das brachte mit sich, dass ich den ganzen Tag genervt war. Dabei hatte ich mich um den Anschluss immer bemüht, in dem ich den ganzen Tag mit Vollgas gefahren war, praktisch bergauf und bergab.

Wir kamen dann gegen Abend auf einer Strecke von Urach in die Ortschaft Neuhausen. Zu allem Unglück hatte es auch noch genieselt, und die Straße führte leicht bergab. Die Straße war mit Blaubasalt belegt, kleine Kopfsteinpflastersteine. Es kam eine leichte Linkskurve, kurz darauf schaltete ich noch herunter (von 5 Gängen auf den 4. - damit lief der Wagen ca. 40 km/h. Jedoch war die Geschwindigkeit für diese Straße etwas zu hoch. So bremste ich leicht ab – und jetzt machte sich der Bremsmangel, die fehlende Voreilung bemerkbar.

Der Anhänger schob den UNIMOG wegen der fehlenden Voreilung der Bremsanlage vor sich her. Dieser stellte sich quer und es kam mit einem Schlag zum Halt, wobei die Vorderseite des Anhängers mitsamt dem Langholz in einem Wohnzimmer eines angrenzenden Hauses landete.

Damals gab es keine Sicherheitsgurte, so dass mein Beifahrer und ich mit den Köpfen an der Windschutzscheibe landeten. Selbstverständlich war die Straße sofort blockiert und viele schaulustige Menschen standen herum.

Der meinem Fahrzeug nachfolgende Dienstwagen der Kolonne mit dem Werkstattmeister hielt an, der Werkstattmeister stieg aus, kam auf mich zu, und verkündete: „Ich sorge dafür, dass Sie in Ihrem Leben kein Auto mehr fahren werden". Er hatte sich den ganzen Tag schon darüber geärgert, dass ich der Kolonne nicht ordentlich gefolgt bin. Wie ich erfahren habe, war er der Annahme, dass ich absichtlich zu meinem Vordermann so große Lücken gelassen hatte, um ihn zu ärgern. Ich wurde angeschnauzt und behandelt, als hätte ich eine „Verbrechen" begangen.

Ich hatte ja eine Freundin - meine jetzige Frau – und wir hatten eigentlich vor, uns einige Wochen später zu verloben. In diesen Minuten dachte ich aber, mein Leben sei für Jahre zerstört. Bei der polizeilichen Vernehmung nach dem Unfall erklärte ich, dass ich kurz vor der verhängnisvollen Kurve noch auf den 4. Gang heruntergeschaltet hatte. Sie erklärten mich fast für verrückt, denn der 4. Gang erschien ihnen für viel zu hoch. Sie hatten alle, auch der aufnehmende Beamte, keine Ahnung von den technischen Eigenschaften dieses UNIMOG. Leider war auf von den von mir erwähnten Bremsmängeln nicht die Rede. Dies alles wurde mir erst später klar.

Ich war bereits einige Wochen beim Land Baden-Württemberg (Bereitschaftspolizei) entlassen worden und zur Städt. Schutzpolizei Karlsruhe übernommen worden.

So wurde ich in der Unfallsache auch von meiner neuen Dienststelle einbestellt. Dort wurde ich befragt, mit einem leichten Augenzwinkern, ob ich an dem besagten Unfall „schuldig" sei, worauf ich mit nein antwortete. Damit beließ man die Sache auf sich beruhen. Die Reparatur hatte meine private Versicherung übernommen, alles in allem ca. 900 DM.

Übrigens gab es noch einen bezeichnenden Vorfall. Es war auch bei einer Polizeiübung. Dieses Mal fuhr ich den MATADOR. Ein Kastenwagen, in dem eine komplette Werkstatt eingebaut war, also auch schwergewichtig mit geringer Motorkraft. Es war wieder so, dass ich die vorgegebene Reisegeschwindigkeit nicht ganz einhalten konnte. Irgendwann kam eine Steigung, die mein Fahrzeug nicht schaffte. Ich hatte das vorausgesehen, war mit Vollgas den Berg angegangen, musste dann bis zum 1. Gang zurückschalten. Aber dann blieb der Wagen stehen und schaffte die letzte Strecke nicht.

Derselbe Hundertschaftsführer ließ sich von seinem Fahrer zurückbringen, um nach mir zu sehen und mich natürlich zu beanstanden, weil ich der Kolonne nicht gefolgt bin. Er zweifelte an meinen Fahrkünsten, hat in Augenschein genommen mit offener Fahrertür, ob ich die Kupplung und das Gaspedal auch richtig zu bedienen weiß. Er meinte, dass es am Fahrer liegen würde, wenn der Wagen die Steigung nicht bewältigen könne. Er musste sich dann aber von anderer Seite belehren lassen, dass der Werkstattwagen zu schwach motorisiert war. Eine Richtigstellung oder gar eine entschuldigende Erklärung gab es in keinem Fall.

Nach der grünen Uniform des Landes durfte ich dann eine blaue bei der Schutzpolizei der Stadt Karlsruhe mit dem Oberbürgermeister Günther Klotz als Chef überstreifen. Ich machte Dienst als Streifenbeamter beim 7. Polizeirevier Ecke Kaiserallee-Grillparzer Straße in der Karlsruher Weststadt. Es gab hier viel zu lernen. Einige Kollegen dienten als echte Vorbilder, andere, wenige nicht so sehr. Zunächst musste man lernen und begreifen, dass wir von der Polizei für die Bürger da sind und wir, soweit es möglich ist, Hilfestellung geben sollten. So hatte ich zunächst einen Dienstgruppenführer, der mit einer Frage die Sache auf den Punkt brachte, indem er einfach und schlicht den Besucher fragte: „Und was wünschen Sie jetzt von der Polizei, was erwarten Sie, was können wir für Sie tun?" Damit wurde manchmal klar, dass sich eine Frage eigentlich erübrigt hat oder auch die Polizei nicht zuständig ist.

Wie viel konnte man von diesem Mann lernen, der keinen hohen Dienstgrad erreicht hatte! Er hat seine „Untergebenen" auf wunderbare Weise eingewiesen, z.B. mit den Worten, die er mit typischen Gesten unterstrich: „Sie gehen bei der Fußstreife die Kaiserallee entlang bis zur

Schillerstraße, dann kommen Sie langsam auf der anderen Straßenseite von der Kochstraße aus zurück, und dann können Sie nochmals hier reinkommen und fragen, ob es einen Botengang für Sie gibt. Auch machte er den jungen Kollegen darauf aufmerksam, dass wenn er in einer Angelegenheit eine Person aufsuchen und dienstlich mit einer Sache konfrontieren musste, er doch vorher ins Melderegister des Revierbereiches und ins Adressbuch sehen sollte, ob es sich bei dem Haus um einen Wohnblock, um eine Familie mit mehreren Kindern handle oder ob er sonstigen Erkenntnissen in Erfahrung bringen könnte, ob die Familie z.B. öfter umgezogen sei bzw. schon lange an der Adresse wohnt. Und immer, wenn das Anliegen nicht erledigt werden konnte, weil diese Information fehlte, fiel einem ein, dass man besser die Ratschläge des älteren Kollegen hätte befolgen sollen, dann hätte man sich manchen unnötigen Gang, einen sogenannten „Metzgergang", erspart. Das hat mich in meinem ganzen Leben bei der Polizei geprägt.

Wir verinnerlichten, dass Wert auf Moral zu legen sei. Man solle Hilfsbedürftige achten und Freundlichkeit nicht nur von äußeren, günstigen Umständen und netten Menschen abhängig machen, sondern jeden freundlich und entgegen-

kommend behandeln. Dagegen seien ordnungs-
widrige Umstände zu registrieren und zu ahn-
den.

Man machte auch Erfahrungen damit, dass man
jetzt als junger Mensch eine gewisse Machtposi-
tion übertragen bekommen hatte, auch wenn es
sich manchmal nur um ein Verwarnungsgeld in
Höhe von 1,- DM, 3,- oder 5,- handelte. Hier
lernte man das Augenmaß in pflichtgemäßem
Ermessen. Man konnte kleinlich sein oder groß-
zügig, eben das „gesunde Augenmaß erlernen",
besser gesagt „erfühlen".

Gut, wenn man sich als „Freund und Helfer" be-
tätigen konnte. So registrierte ich z.B. eine Vor-
fahrtsverletzung. Ich hielt dieses Fahrzeug auch
an, und stellte bei der Unterhaltung mit den jungen Leuten fest, dass sie gerade in Karlsruhe auf
Hochzeitsreise waren. Ich fand, dass ein wenig
Sekt-Duft von dem jungen Fahrer ausging.

Daraufhin ließ ich ihn seinen Wagen auf dem
Seitenstreifen abstellen, nahm seinen Zünd-
schlüssel an mich und machte ihm den Vor-
schlag, die Schlüssel am nächsten Morgen auf
der Wache abzuholen. Das hat dann auch mein
Vorgesetzter akzeptiert. Was mich in meiner

Auffassung „kein Alkohol am Steuer und das Ganze mit Augenmaß" bestätigte.

An einem anderen Tag war ich auf Streife mit einem kleinen Dienstwagen (VW-Käfer) unterwegs. Auf der südlichen Fahrbahn der Kaiserallee hatte ich Vorfahrt gegenüber der aus der Schillerstraße kommenden Fahrzeuge. Es kam aber von rechts aus der Schillerstraße ein ausländisches Fahrzeug, das die Vorfahrtsregel nicht beachtete, so dass ich gezwungen war, abzubremsen, um einen Zusammenstoß zu vermeiden. Der Fahrer bremste ebenfalls und hielt an.

Ich gab ihm Zeichen anzuhalten und forderte ihn schließlich auf, auszusteigen. Er hatte eine Beifahrerin, wie sich herausstellte, sine junge Frau, die er gerade vor einer Woche geheiratet hatte. Sie waren auf der Hochzeitsreise. Ich nahm das zur Kenntnis, sprach meine Glückwünsche aus und wies darauf hin, dass er sich an die Vorfahrtsregeln halten solle.

Ich bat um die Fahrzeugpapiere, die er mir aushändigte. In einem schnellen Entschluss gab ich die Papiere nicht zurück, sondern bat ihn, diese zusammen mit dem einbehaltenen Autoschlüssel am nächsten Morgen auf der Polizeiwache

am Ende der Kaiserallee (7.Polizeirevier) abzuholen.

Sein Auto parkten wir auf dem Seitenstreifen neben den Straßenhahnschienen.

Auf der Wache erklärte ich meinem Vorgesetzten den Sachverhalt. Ich fertigte einen kleinen
Bericht über den Vorgang und legte die Fahrzeugpapiere und Autoschlüssel dazu.

Über die Zustimmung meines Vorgesetzten zu
meiner Vorgehensweise habe ich mich sehr ge-
freut.

Gründung einer Familie

Während der Bereitschaftspolizei in Göppingen hatte ich Margarete Zotzmann kennengelernt. Wir heirateten im April 1959 und wohnten dann im Hause von Cousine Lina und ihrem Mann Emil Stober in Neureut.

Hans-Adolf, der Sohn von Lina und Emil, hatte netten Kontakt mit Marga als Gesprächspartnerin aufgenommen. So konnte ich mich auf meinen Beruf konzentrieren, als ich zum Fachlehrgang zur Polizeischule nach Freiburg geschickt wurde.

Unseren ersten Urlaub hatten wir mit dem Städt. Urlaubswerk im Südschwarzwald auf dem Thurner verbracht. Als wir zurückkamen, war Marga mit Harald schwanger. Während ihrer

Schwangerschaft musste Marga viel aushalten, denn das Kind lag ihr auf dem Ischias-Nerv. Die ganze Zeit ihrer ersten Schwangerschaft war sie bis auf die Wochenenden allein, ohne Ehemann.

Am Sonntag, den 26. Februar 1961 kam unser erster Sohn Harald in Karlsruhe in der Südendstrasse zur Welt.

Ich hatte wenige Tage vor der Geburt meine Beförderung zum Polizeioberwachtmeister nach bestandenem Lehrgang erhalten.

Wir waren nun eine Familie, mit dem Umzug in den Zirkel Nr. 5 in eine eigene Wohnung wurden wir 1963 dann erst richtig unabhängig.

Im Oktober 1966 wurde unser zweiter Sohn Georg geboren. Ich lebte nun in der Gewissheit, dass mein Vater stolz auf mich sein könnte, hätte er erlebt, dass ich entgegen seinem Erwarten

doch einen respektablen Beruf ergreifen konnte
und mein Wirken von vielen Menschen geachtet
wurde.

Prägende Kriminalfälle

Mein Ziel, zur Kriminalpolizei zu wechseln, habe ich erst nach ca. fünf Jahren ins Auge gefasst. Zwei Fälle möchte ich schildern, die mir nachhaltig in Erinnerung geblieben sind.

VERMISST UND ERHÄNGT

Auf die Polizeiwache kam eine junge Frau und meldete, dass ihr Freund vermisst sei. Er hätte ohne Angabe von Gründen plötzlich seinen üblichen Lebensbereich verlassen. Die Kollegen lehnten die Entgegennehme einer Vermisstenmeldung ab mit der Begründung, dass ein erwachsener Mensch freiwillig über seinen Aufenthaltsort entscheiden könne, auch ohne dies vorher mit einem anderen Menschen abzusprechen und auch ohne dessen Einverständnis einzuholen.

Einige Tage später kam dessen Mutter in der gleichen Angelegenheit. Auch jetzt wurde die Entgegennahme einer Vermisstenanzeige abgelehnt. Die junge Frau, die unabhängig am gleichen Tag nochmals zur Polizeiwache gekommen war, wurde an die Kriminalpolizei im gleichen Hause verwiesen. Ich habe mich mit der jungen Frau unterhalten.

Gleichzeitig kam ein anderes Ehepaar in meine Dienststelle und meldete, dass sie im Spessarter Wald einen Mann an einem Baum hängend gefunden haben. Natürlich dachte ich an den hier Vermissten, aber die Beschreibung des jetzt aufgefundenen Erhängten ließ gleich den Schluss zu, dass es sich hier um eine andere Person handelt.

Ich begab mich mit den Eheleuten in den Spessarter Wald und fand dort auch bald eine erhängte Person. Sie war von einem Hochsitz aus auf einen Ast geklettert und hatte sich auf einer Höhe ca. 3,50 m über dem Boden erhängt.

Der hier aufgefundene Erhängte wurde fotografiert, abgehängt und zum Friedhof gebracht. Sein PKW stand in der Gegend. Schließlich wurde seine Ehefrau über Telefon erreicht, ebenso seine Eltern. Es handelte sich um einen jungen Arzt, der im Begriff war, eine Schmerzklinik Praxis in Ettlingen-Stadtmitte zu eröffnen. Er hatte in einem anderen Fall in einer anderen Gegend schon einmal eine Schmerzklinik eröffnen wollen und kurz davor einen Suizidversuch unternommen.

Noch während der Aufnahme des Tatbestands in Spessart kam über das Funkgerät eine Meldung rein, dass in einem Waldgebiet bei Bruch-sal ein abgestelltes Fahrzeug aufgefunden wor-den sei, das unbesetzt war. Als das Fahrzeug-kennzeichen durchgegeben wurde, erkannte ich sofort, dass es sie hier um den Wagen der ande-ren Person handelt. Wonach ich mich in das Funkgespräch einmischte, und zur Kenntnis brachte, dass dieses Fahrzeug eines anderen Ver-missten handele.

Es stellte sich heraus, dass es sich um den jungen Mann handelte, den die beiden Frauen vorher auf der Polizeiwache als Vermissten haben mel-den wollen. Auch er hatte sich umgebracht.

Zwei junge Menschen, die ihrem Leben am sel-ben Tag ein Ende gesetzt hatten, waren für einen jungen Beamten nicht so einfach zu verkraften.

TODESFALL SWETLANA „KINDSTOD"

Ein Telefonat aus einem Rathaus ging bei der Kriminalpolizei ein. Ich war am Apparat und be-kam die Nachricht, dass soeben junge Eheleute ihre Tochter als „verstorben" melden wollten.

Ich fuhr zu der Adresse und fand diese junge Fa-milie beim Frühstück. Beide Eheleute waren anwesend. Ich stellte mich vor und fragte nach ihrer kleinen Tochter. Sie verwiesen mich auf den Balkon. Es war verwunderlich, denn es hatte Kältegrade.

Ich begab mich auf den Balkon und fand dort ein kleines Kinderbett. In dem lag ordentlich ein kleines Mädchen, die kleine Swetlana, ca. 4 Wochen alt. Sie sah aus wie eine Wachspuppe, ordentlich hergerichtet, wie zum Schlafen. Blass, kalt.

Ich war etwas erschrocken, denn damit hatte ich nicht gerechnet. Die jungen Eltern waren gefasst. Und erklärten, die kleine Tochter hätte Fieber gehabt und sei jetzt tot. Die jungen Eltern erklärten, das sei Gottes Plan, sein Wille sei geschehen. Anfangs wären sie sehr erfreut gewesen, berührt über Schwangerschaft und glückliche Geburt. Das Kind hätte alle Hoffnungen erfüllt. Und dann sei die Zeit der Krankheit gekommen. Man habe keine Ärzte kommen lassen, sie vertrauten auf Gottes Hilfe. Der tiefere Sinn läge darin, dass sie, nachdem sie Rauschgiftsüchtig gewesen waren, nun eine schwere Prüfung auferlegt bekommen hätten - die Gemeinde hätte das mitgetragen.

Die polizeilichen Ermittlungen verliefen im Sande. Die Staatsanwaltschaft stellte schließlich das Verfahren ein.

Epilog

Eine Geschichte kann nicht damit beginnen, wie es hätte sein können, sondern sie muss von Anfang an geschildert werden, wie sie war. Deshalb habe ich so begonnen: „Ich war der große Hoffnungsträger meines Vaters." So sind auch meine zwei Söhne Hoffnungsträger geworden. Und beiden habe ich es zu verdanken, dass ich mit 83 Jahren dieses Buch mit Erlebnissen und Erfahrungen aus meiner Kindheit, als Jugendlicher und als junger Mann nun in den Händen halte.

Harald ist der ältere Sohn. Schule, Ausbildung und Studium fielen ihm leicht und nach 20 Jahren als erfolgreicher Manager hat er seine Berufung gefunden, um als Professor sein Wissen weiterzugeben.

Der Jüngere, Georg, ist mir in vielem ähnlich, auch in seinen Begabungen. Er war in der Schule, ebenso wenig ein „Überflieger" wie ich. Was er kann und tut, musste er sich erarbeiten, er meinte - und damit hat er wohl recht – dass es in meinem Leben sehr viele Ereignisse gab, die nicht gerade nach einem problemlosen „Blitzstart" aussahen. Eigentlich hat Gott in meinem Leben so viel Segensreiches eingemischt, dass es doch noch recht wurde und gelang. Dafür kann ich nur dankbar sein.

Unser Jüngster fand manche meiner gelegentlichen Schilderungen so interessant und wissenswert, dass er mich bat, einige Stationen aus meiner Kindheit und Jugendzeit in einem Buch niederzuschreiben. So begann ich mit diesen Zeilen nach einer schweren Herzoperation und einem Hirninfarkt im Mai/Juni 2014. Das Manuskript, das Georg daraus erstellt hatte, blieb eine Weile in der Versenkung bei Harald hängen, bevor sich seine neue Lebenspartnerin Andrea mit ihrer Erfahrung als Autorin mir und meinen Erinnerungen annahm. Mit viel Geduld und Einfühlungsvermögen konnten wir es gemeinsam finalisieren. Dafür bin ich sehr dankbar.

Die Zeit nach der letzten Herz-OP war schwierig, nicht nur für mich, sondern besonders auch für meine liebe Frau Marga, die immer zu mir gehalten hat.

Dankbar bin ich auch allen anderen Lieben um mich herum, die uns unterstützt und motiviert haben. Vielleicht bin ich selbst für den einen oder anderen wie ein „Spundenfresser" gewesen, zumindest wenn es an mir etwas auszusetzen gab.

Aber ich will es heute positiv sehen. Ich bin jemand, der versucht, aus Allem etwas zu machen, auch wenn es noch so dürftig aussieht, und die Mittel begrenzt sind. Ich glaube, dass man auch mit einfachen Mitteln viel erreichen kann. Meine Marmeladen sind dafür ein leckerer Beweis. Jedenfalls hoffe ich, dass ich bei vielen Menschen einen angenehmen Eindruck hinterlassen konnte.

Vieles habe ich erleben dürfen; und Vieles hat auch Spaß gemacht. Besonders die Begegnungen mit all den netten Leuten. Alle haben ihren Teil dazu beigetragen, dass ich heute bin, der ich bin.

Auch mein Vater hat seinen Anteil an meinem Leben gehabt. Ich glaube, dass ich es geschafft habe, aus seinem Schatten und dem Schatten vieler anderer „Spundenfresser" zu treten. Wir haben wohl alle irgendwie unsere Begrenzungen und versuchen das Beste daraus zu machen. Ich würde meinen Vater heute nicht mehr als Spundenfresser bezeichnen.

Generell würde ich Menschen heute nicht mehr so beurteilen und damit in den Schatten stellen. Denn ich stelle mir vor, dass unter Gottes „Gnadensonne" alles in Ordnung ist. Bei Gott gibt es keine Schatten mehr.

Zeitfracht Medien GmbH
Ferdinand-Jühlke-Straße 7
99095 Erfurt, Deutschland
produktsicherheit@kolibri360.de